18Y 11/16
√12/18   4

D0606443

San Diego Public Library
North Park Branch
WITHDRAWN
JAN   2005

LENTES,

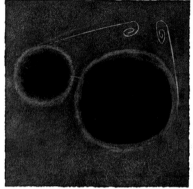

¿QUIÉN LOS NECESITA?

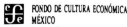

LANE SMITH

LOS ESPECIALES DE
A la orilla del viento

FONDO DE CULTURA ECONÓMICA
MÉXICO

Para
Salvino d'Armanto
Ben Franklin
y
san Jerónimo
—L.S.

Primera edición en inglés: 1991
Primera edición en español: 1994
   Cuarta reimpresión: 1999

Coordinador de la colección: Daniel Goldin
Traducción: Francisco Segovia

Título original: *Glasses (who needs 'em?)*
© 1991, Lane Smith
Publicado por Viking Penguin, filial de Penguin Books USA, Nueva York
ISBN 0-670-84160-9

D.R. © 1994, FONDO DE CULTURA ECONÓMICA, S.A. DE C.V.
D.R. © 1995, FONDO DE CULTURA ECONÓMICA
Carr. Picacho Ajusco 227; México, 14200, D.F.

Se prohíbe la reproducción parcial o total de esta obra —por cualquier medio—
sin la anuencia por escrito del titular de los derechos correspondientes.

ISBN 968-16-4419-0

Impreso en Colombia. Panamericana, Formas e Impresos, S.A.
Calle 65, núm. 94-72, Santafé de Bogotá, Colombia
Tiraje 5 000 ejemplares

Bueno, pues las cosas estaban así: el doctor me dijo que necesitaba lentes
.

—Ni hablar
—le dije.

—Jovencito —dijo él—,
si te preocupa
verte un poco diferente...

—Me preocupa —le dije—
parecer un bobo.

—Mucha gente —respondió—
usa gafas, y le gusta usarlos...

Y agregó:

—Tu mamá usa lentes…

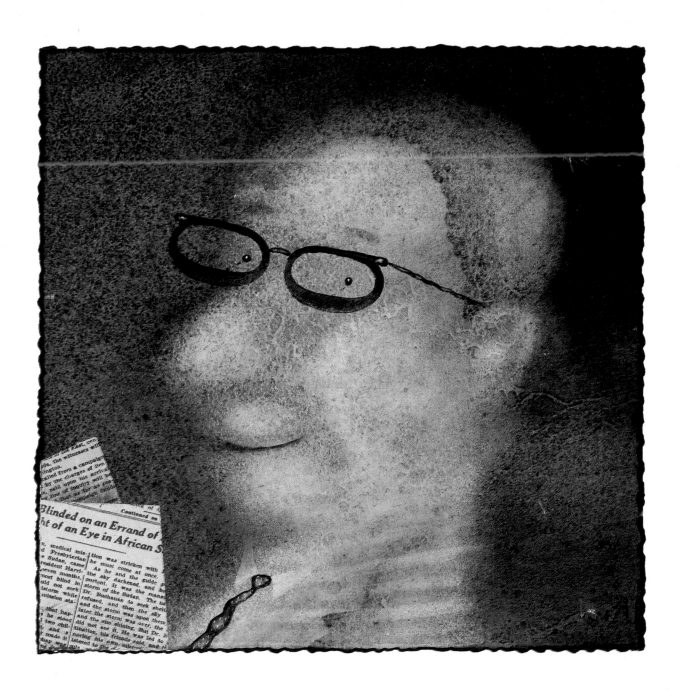

...tu papá usa lentes...

...tu hermana usa lentes...

—Mi hermana —dije yo—
también usa ligas verdes
y en el pelo y playeras
llena de unicornios...

—Muy bien —respondió—,
pero, ¿qué me dices de los inventores famosos...

...y de los dobles que salen de monstruos en las películas, eh?

—¡Si hasta *planetas enteros* usan anteojos!

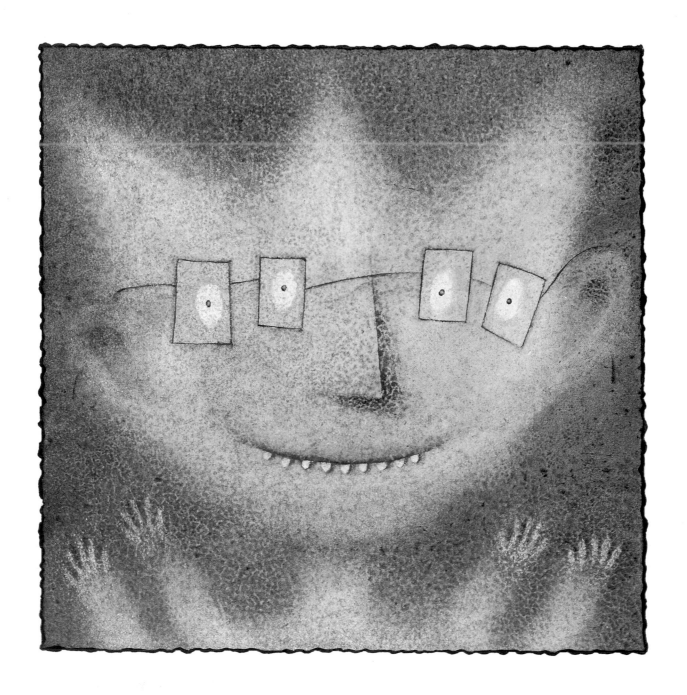

Pensé que el doctor exageraba un poquitín
con aquella última frase sobre los planetas. Le pregunté:
—¿Y los hombrecitos verdes usan lentes?

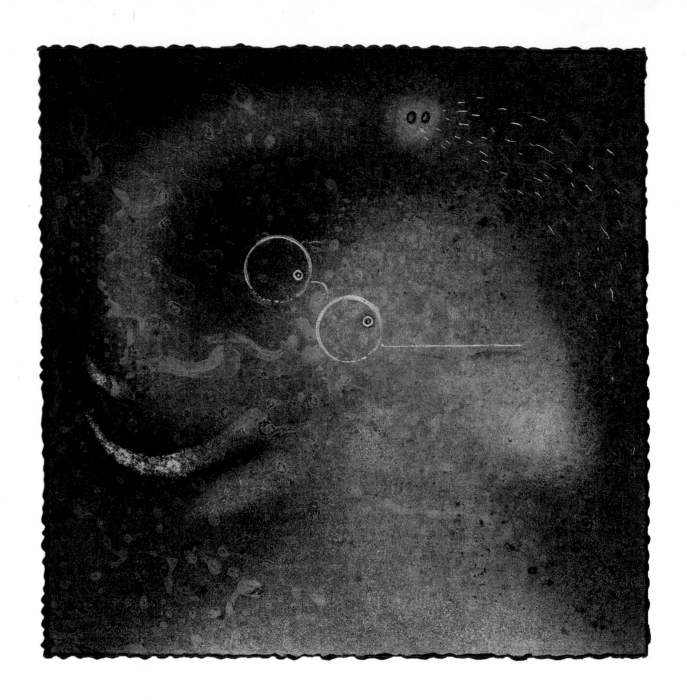

¿Y los elefantes rosas?

¿Y las chinches que pegan la gripe asiática?

—¡Sí!

¡Sí!

¡Sí!

—fue su respuesta
(tal como yo había esperado).
Y continuó...—

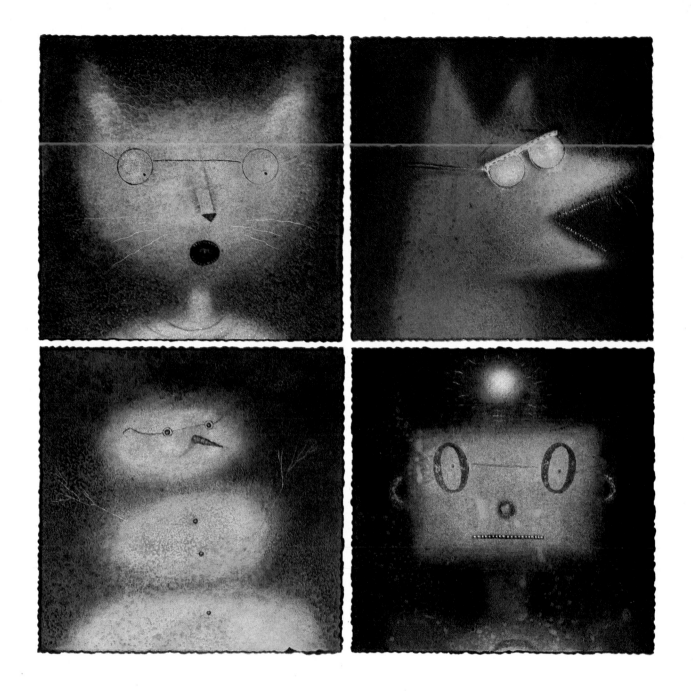

¡Pero te olvidas de los perros y de los gatos y de los muñecos de nieve y los robots! —Estaba muy alterado. Iba a sugerirle que tal vez le estaba echando demasiada crema a sus tacos...

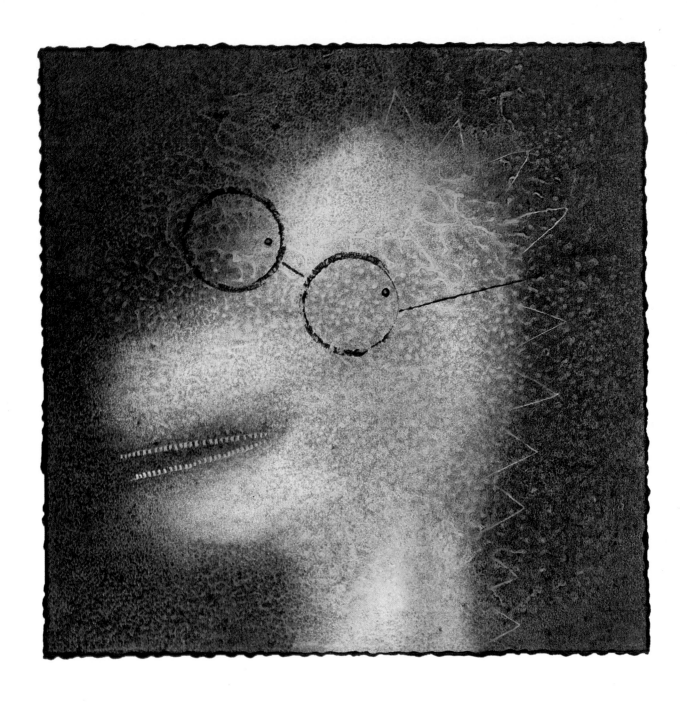

...cuando volvió a empezar...
—Los gigantescos dinosaurios usan lentes.

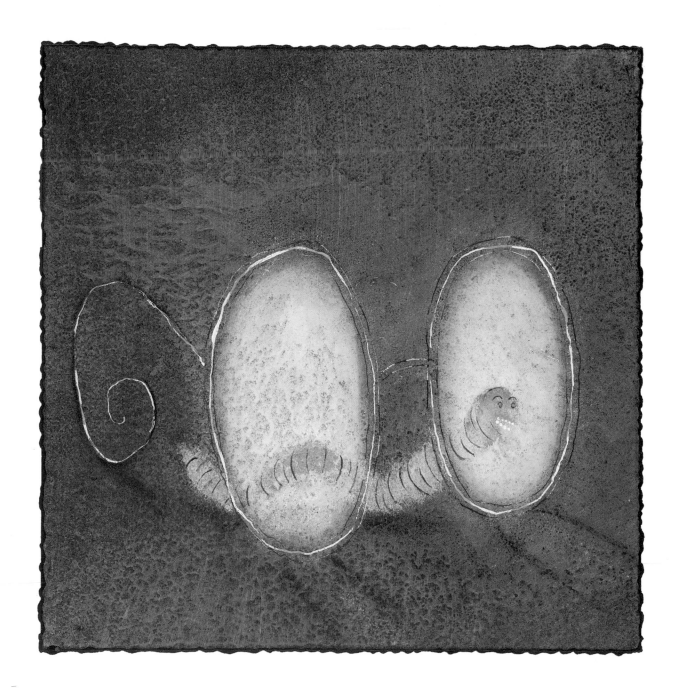

...y los gusanitos...

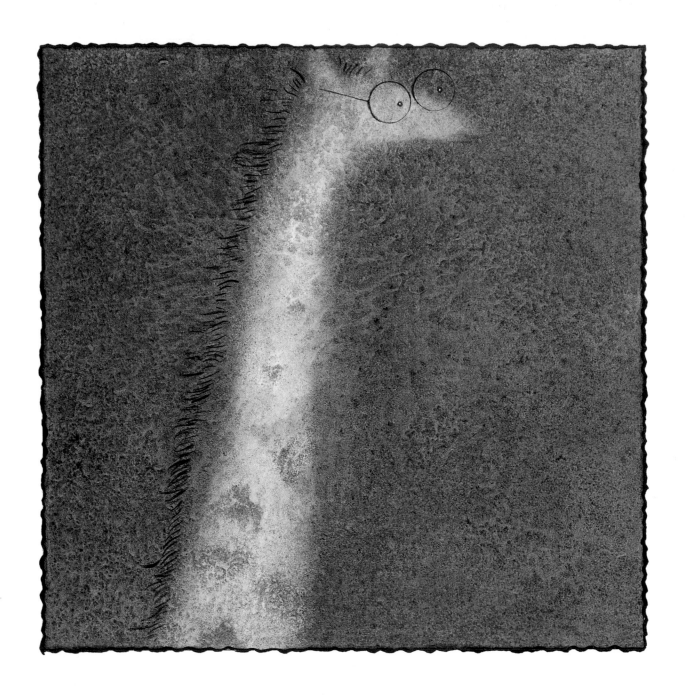

...y las altas jirafas...

...y los mullidos conejitos...

—Muy bien, si va a seguir
con eso de que los conejos
usan lentes, tal vez
deberíamos ponerles
gafas también
¡a sus zanahorias!

—No digas tonterías
—respondió—. Las zanahorias
no necesitan gafas...

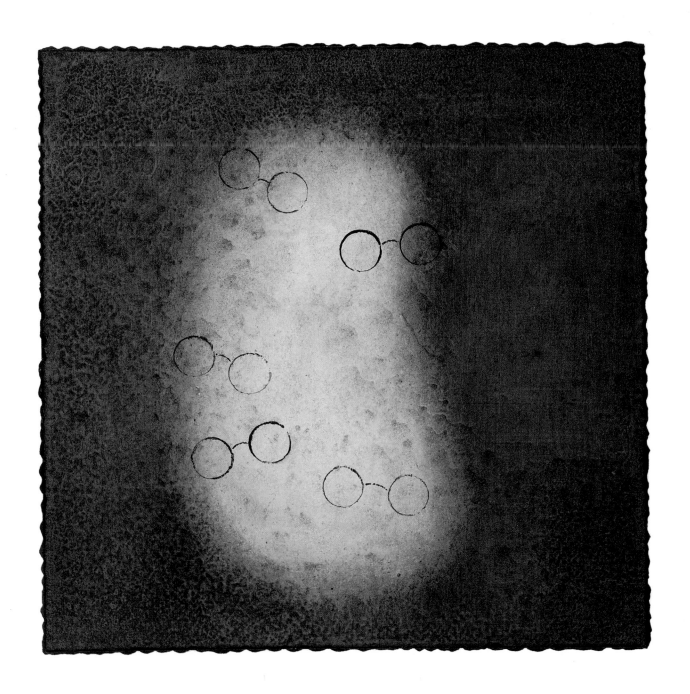

...las papas, sin embargo...

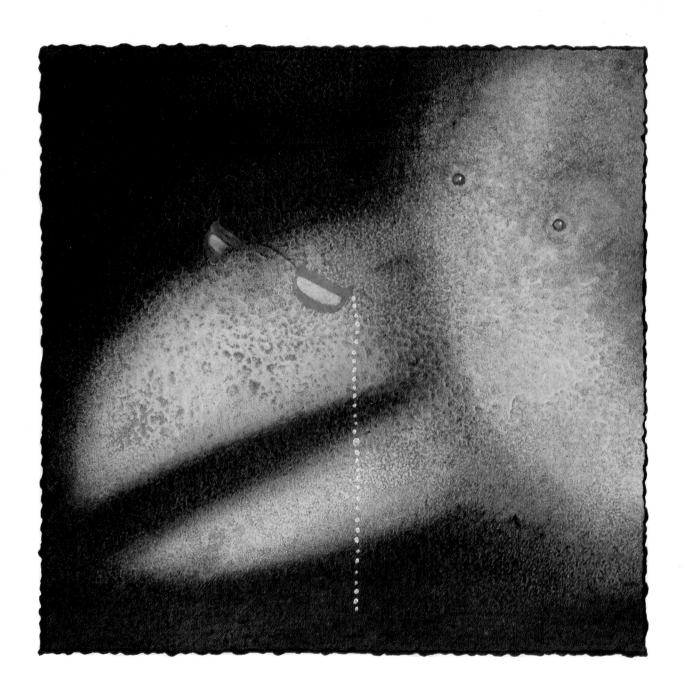

—¡Ah!, ya entendí...
Usted está orate, ¿no?
Apuesto a que ve lentes en los pájaros cucú...

...en los mandriles malandrines...

—Ya vas entendiendo la cosa...
pero déjame decirte que también
la oveja y la zarigüeya,
y el camaleón y el pez,

y los cuadros al óleo

y los títeres de calcetín

y el camaleón

y el cocodrilo

y el camaleón...

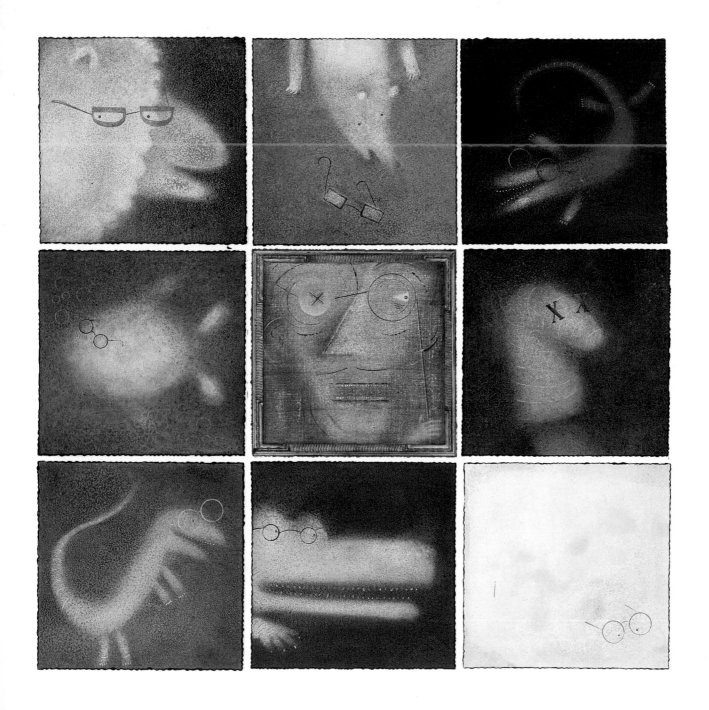

¡Todos ellos usan lentes! Y… este… mmmh…

¡También yo!

—Llevo mucho rato aquí —dije yo—.
¡He estado viendo cosas!
—Dicho lo cual me dispuse a partir.

—Un momento, jovencito…

...Es sorprendente lo que uno se pierde cuando no se pone los lentes, ¿eh?

Le dije… —Los de aros dorados no están mal.